글_ 서동애

전남 고흥에서 태어났으며 대학에서 국어국문학과 청소년 교육학을 전공했습니다. 한국 아동문학 신인상과 근로자문화예술제에서 문학 동화 부문 상, 한국 아동문학 올해의 작가상, 최치원 문학상 수필 본상을 받았습니다. 오랜 기간 서울시 아동복지 교사로 근무했으며 서울특별시장 표창장을 받았습니다. 2017년, 2020년 전남문화재단 창작 지원금을 받았으며 2018년 엮은 『소록도의 눈썹달』이 한국예술위원회 문학나눔 도서에 선정되었습니다.

작품집으로 『오동꽃 소녀』, 『백리향 연가』, 『소록도의 눈썹달』, 『단물이 내린 정자』, 『참깨꽃 연가』, 『꽃 사랑 할매』가 있으며, 『문학상 수상자들의 단편 동화 읽기 1·2』 등 다수의 공저가 있습니다. 현재 서울지역아동센터 명예 센터장이며, 고향인 고흥에서 다양한 분야의 글을 쓰고 있습니다.

그림_ 김진희

한양대학교 사범대학 응용미술학과를 졸업하고 전국 일러스트레이션 공모전 등 다수에 입상했습니다. 작품으로는 『신이 된 사람들』, 『차롱밥 소풍』, 『꽃 사랑 할매』 등이 있으며, 현재 제주도에서 화가·일러스트레이터로 활동하고 있습니다.

살구꽃 피던 날
열네 살 만수는 신랑이 되고
열일곱 연이는 신부가 되었어요.

둘은 작은 토담집을 짓고
알콩달콩 살았어요.

만수는 날마다 밭을 일궈 곡식을 심고

연이는 날마다 꽃을 심었어요.

"씨앗을 심어 곡식을 거둬야지."
만수는 꽃보다 씨앗이 더 좋았고
연이는 씨앗보다 꽃이 더 좋았어요.

만수는 일개미

연이는 꽃순이

꽃대궐 토담집에 첫째가 태어났어요.

꽃순이 엄마는 이쁜 딸에게
노랑 저고리 다홍치마를 입히고 싶어
개나리꽃 진달래꽃만 만지작만지작

일개미 아빠 만수는
꽃순이에게 통박만 주었어요.

"꽃 타령 좀 그만해요.
굶기지 않은 게 최고 아니요?"

연이는 꽃순이 아지매가 되고
만수는 일개미 아저씨가 되어
둘째도 태어나고 셋째도 태어났어요.
둘째 첫돌에도 셋째 첫돌에도
꽃순이는 꽃들만 만지작만지작

무뚝뚝한 일개미 남편이 말했어요.
"첫째도 못 입혔는데 둘째 셋째야 뭐! 건강이 제일이지."

토담집 세 딸은 때때옷은 못 입었지만
일개미 아빠와 꽃순이 엄마 덕에
복사꽃처럼 환하게
맨드라미처럼 빨갛게
들국화처럼 향기롭게 무럭무럭 자랐지요.

세월이 강물처럼
흘러 흘러서
첫째도
둘째도
셋째도
시집을 갔어요.

어느새 연이는 꽃할매가 되고
만수는 일개미 할배가 되었지요.
꽃할매는 하늘만 보며 한숨만 푹푹
일개미 할배는 구름을 보며 담배만 뻐끔뻐끔
토담집 담벼락엔 이끼가 끼고
바지랑대 끝에서는 고추잠자리가 졸고.

꽃할매는 딸들에게 미안해서
날마다 구시렁구시렁
'우리 딸들 변변한 옷 한 벌도 못 해주고'
'우리 딸들 시집갈 때 혼수도 못 해주고'

꿈속을 헤매던 꽃할매가 날마다 할배를 조릅니다.
"여보, 여보. 이 목단으로 우리 첫째 공단 이불 만듭시다."

"여보, 여보. 이 맨드라미는 우리 둘째 유똥 치마 만듭시다."
"여보, 여보. 이 국화는 우리 셋째 원앙금침 만듭시다."

일개미 할배는 마음만 바짝바짝
"여보, 미안하오. 제발 정신 좀 차리구려."

꽃할매는 날마다 꽃잎만 따오고
일개미 할배는 날마다 안절부절이고.

일개미 할배가 결심한 듯
꽃할매 손을 잡았어요.
"여보, 여보. 미안하오.
나도 꽃할배가 되겠소.
첫째 둘째 셋째 못 해준 거
몽땅 꽃으로 해줍시다."

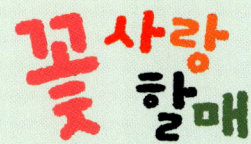

펴낸날 2022년 1월 12일

글 서동애
그림 김진희
펴낸이 주계수 | **편집책임** 이슬기 | **꾸민이** 이슬기

펴낸곳 밥북 | **출판등록** 제 2014-000085 호
주소 서울시 마포구 양화로 59 화승리버스텔 303호
전화 02-6925-0370 | **팩스** 02-6925-0380
홈페이지 www.bobbook.co.kr | **이메일** bobbook@hanmail.net

© 서동애, 2022.
ISBN 979-11-5858-838-0 (07810)

※ 이 책은 저작권법에 따라 보호받는 저작물이므로 무단전재와 복제를 금합니다.